나태'
시간의

시인 나태주가 당〉   ᆯ 365 휴식 일력

나태주 쓰고 그림

서울문화사

나태주,
시간의 쉼표

나태주,
시간의 쉼표

초판 1쇄 발행   2020년 11월 18일
초판 25쇄 발행   2025년 1월 13일

지은이   나태주

발행인   심정섭
편집장   신수경

디자인   디자인 봄에
마케팅   김호현
제작   정수호

발행처   (주)서울문화사
등록일   1988년 12월 16일 | 등록번호 제2-484호
주소   서울시 용산구 한강대로43길 5 (우)04376

구입문의   02-791-0708
팩시밀리   02-749-4079
이메일   book@seoulmedia.co.kr

ISBN 979-11-6438-955-1 (00810)

글·그림 나 태 주

1945년 출생으로 1971년 〈서울신문〉 신춘문예에 시가 당선되어 시인이 되었다. 초등학교 다닐 때의 꿈은 화가였으나 고등학교 1학년 때 예쁜 여학생을 만난 뒤로는 꿈이 시인으로 바뀌었다. 그로부터 60년 그는 끝없이 시인을 꿈꾸며 사는 사람이다.

그동안 초등학교 교원으로 43년간 일하다가 2007년 정년퇴임을 하였으며 8년 동안 공주문화원장으로 일하기도 했고, 현재는 공주에서 살면서 공주풀꽃문학관을 설립, 운영하며 풀꽃문학상을 제정, 시상하고 있다. 2020년에는 한국시인협회 43대 회장에 선임되었다.

그가 요즘 주로 하는 일은 문학강연, 글쓰기, 풀꽃문학관에서 방문객 만나기, 화단 가꾸기 등이다. 지은 책으로는 첫 시집《대숲 아래서》부터《제비꽃 연정》까지 45권의 창작시집이 있고,《좋다고 하니까 나도 좋다》를 비롯하여 산문집, 동화집, 시화집 등 150여 권이 있다.

12월 31일

이제, 또다시 삼백예순다섯 개의
새로운 해님과 달님을 공짜로 받을 차례입니다
그 위에 얼마나 더 많은 좋은 것들을 덤으로
받을지 모르는 일입니다.

머리글 빨리빨리, 천천히

우리가 살아가면서 부족한 것이 있으면 빌려서 씁니다.

하지만 빌려서 쓸 수 없는 것이 있습니다. 그것은 시간입니다. 시간은 가족이나 연인 사이에도 빌려 쓸 수 없는 것입니다. 그만큼 시간이 중요하다는 얘기입니다. 우리의 일생은 순간순간의 시간이 모여서 일생입니다. 인생을 성공적으로 사는 사람은 시간을 잘 사용하면서 산 사람들입니다. 부디 하루하루를 정성껏 소중하게 여기며 살아야 할 일입니다. 그렇지만 너무 허둥지둥 그렇게 살아서는 안 됩니다. 열심히 살되 때로는 여유를 가지면서 살아야 할 일입니다.

빨리빨리, 천천히 살아야 합니다. 급한 일은 급하게 살고 느린 일은 느리게 살아야 합니다. 아닙니다. 열심히, 급하게 살기 위해서는 천천히가 필요하고 때로는 휴식이 있어야 합니다.

당신에게 부지런한 1년을 선물로 드립니다. 더불어 잠시 잠시 쉬어가는 1년을 또 드립니다. 이 1년의 달력, 하루하루의 일력을 살피면서 빨리빨리, 천천히 사시면 좋겠습니다. 그리하여 당신의 1년이 성공하는 1년이 되고 그것이 또 일생의 성공과 보람과 기쁨으로 이어지기를 소망합니다.

당신의 성공하는 1년을 빕니다.

나태주 씁니다.

12월 **30**일

오지 않을 것 같았던 한 날이 저문다
눈이 내린다
누군가 통곡을 내려놓듯
눈이 쌓인다.

 월  일

이제는 풀꽃만 풀꽃이 아니다
사랑스런 것, 조그만 것
예쁜 것들은 모두가 풀꽃이다.

12월 29일

별 말이 없어도
잘 살고 있다고 믿어다오.

1월 **2**일

처음 보는 꽃이 피어난다
눈부시다 향기 진동.

12월 28일

몇 날 며칠 보고 싶어
목이 말랐던 마음
깜깜한 마음이
눈이 되어 내렸다.

1월 3일

눈 내려 쌓인 날 아침
아무도 찾지 않은 순백의 산보로
숱한 소나무 잣나무들의 절명 앞에
사람인 나도 잠시 경건해지다.

12월 27일

술 마실 때보다 빨리
그리고 더 많이 취한다.

1월 4일

그래서 새해부터는 둥그렇게 부드럽게
말부터 글부터 얼굴 표정이며 마음속 생각과
행동에 이르기까지 부드럽고 둥글게.

12월 26일

언제 또 우리가 이
생명의 별 푸른 행성
지구로 휴가 나와 이렇게
다시 만날 수 있겠냐 말야.

1월 **5**일

아름다우셔라 곱기도 하셔라
봉숭아꽃보다 동백꽃보다
붉은 마음이여.

12월 25일

하늘의 꽃처럼
땅 위의 별처럼

내게는 바로 너
가슴속의 시.

1월 6일

세상에 와 그대를 만난 건
내게 얼마나 행운이었나
그대 생각 내게 머물므로
나의 세상은 빛나는 세상이 됩니다.

12월 24일

밤을 새워 별들은
더욱 멀리 빛이 나는데.

1월 7일

네가 너이기 때문에
소중한 것이고 아름다운 것이고 사랑스런 것이고 가득한 것이다
꽃이여, 오래 그렇게 있거라.

12월 23일

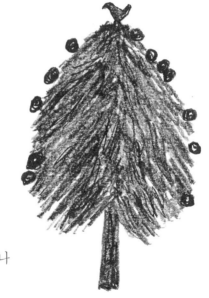

섬처럼 외로운
집이 있었다, 언덕 위에
뜨겁고도 붉은 마음 하나
오래 거기 몸부림쳤다.

1월 **8**일

눈이 내리는 날은
눈이 새하얗게 내려서
세상을 지우고
사람들 마음까지 지우려 드는 날은
지금은 세상에 없는
어리신 누님이 보고파라.

12월 22일

이 그림에서
당신을 빼낸다면
그것이 내 최악의 인생입니다.

1월 9일

이 햇빛 속에는 1년을 잘 버텨낼
끈기와 용기와 인내가
담겨 있으리니
어딘가 눈과 얼음 밑에서
일어서는 여리고도 사랑스런 초록빛
새싹이 숨 쉬고 있으리니.

12월 21일

나도 하늘 길 흐르다가 멀리 아주 멀리 반짝이는 별 하나 찾아
낸다면 그것이 진정 너의 별인 줄 알겠다. 나의 생각과 그리움
이 머물러 그 별이 더욱 밝은 빛으로 반짝일 때 너도 나를 알아
보고 나를 향해 웃음 짓는 것이라 여기겠다.

1월 10일

날마다 아침이면 이 세상 첫날처럼
날마다 저녁이면 이 세상 마지막 날처럼
당신도 그렇게, 그렇게.

12월 20일

그 시절 왜 우리는 그토록 치열해야만 했었나?
왜 앞만 바라보며 이토록 빨리 와야만 했었나?

1월 11일

좋아하는 사람이 살고 있기에
낯선 고장도 낮익은 고장이 되고
먼 나라도 가까운 나라가 되곤 합니다.

12월 19일

유리창 밖 산들도 눈을 맞고 있다
나무들도 옷을 벗은 지 오래다.

1월 12일

그리하여 사랑은 둘이서만 알고 있는
이야기가 생겨난다는 것입니다

다른 사람들에게 들키고 싶지 않은
비밀이 하나씩 싹튼다는 것입니다.

12월 18일

왜 남의 결혼식에 눈물이 나는지 몰라.

1월 13일

어디만큼 갔느냐?
어디만큼 가서 꽃이 됐느냐?

바람도 돌아와 둥지를 틀고
물소리 새소리에 귀를 모은다.

12월 17일

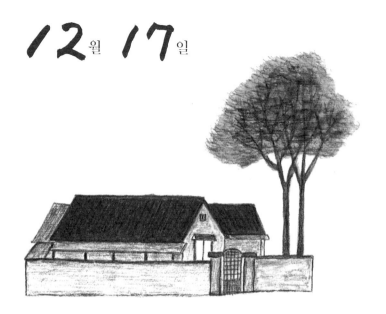

오늘밤 모처럼
흐린 하늘 뚫고 어렵사리
자진하는 빛나는 별 하나를 본다.

1월 14일

좋아요
좋다고 하니까 나도 좋다.

12월 16일

돌아갈 수 없기에 더욱 그리운 보랏빛.

1월 15일

그런 소리 하나에도 가슴속에선
밤마다 새빨간 동백꽃 한 송이씩
혼자 폈다가 지곤 했었다.

12월 15일

눈 위에 쓴다
사랑한다 너를
그래서 나 쉽게
지구라는 아름다운 별
떠나지 못한다.

*1*월 *16*일

눈 내린 날 아침
혼자 울려보는 오르골 소리
오래 잊었던 옛사람의 향기.

12월 14일

지나고 보니 모두가 그리운 일이었다.

*1*월 *17*일

하루하루의 날들은 이렇게 누더기처럼 볼품없고
구차스럽기조차 하다만
돌이켜보아 이보다 더 소중스러운 일이 또 없음을
뒤늦게라도 알게 되어 여간 기쁘지 않다.

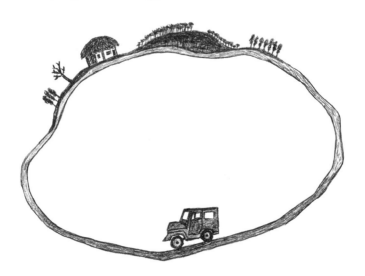

인생은 허무한 거야
자네도 잘 살다 오시게.

1월 18일

우리에겐 이제 사랑할 일밖엔
아무 것도 남지 않았다.

12월 12일

가더라도 마음만은 조금
남겨두고 가기예요
아니, 이쪽의 마음이라도 조금
데리고 가기예요.

1월 19일

봄이여 어서 오라 꽃이여 피어나라
마음에 꽃 있어야 꽃인 줄 안다는데
그 매화 화들짝 놀라 피어나기 기다려.

12월 11일

나의 신문은 이제 하늘과 산과 들판과 때로는 바다. 오늘 아침 내게 배달된 신문의 하늘은 쾌청이오. 솟아오르는 새들의 기사가 나와 있고, 몇 송이 구름의 기사가 기웃거리오. 또 하늘의 징검다리를 건너가는 바람의 푸른 옷자락이 어른거리오.

1월 20일

해가 떠올랐는데도 쉽사리 잠에서 깨어나지 못하는
철부지 아침안개다.

12월 10일

조금 섭한 일 있던 사람에게도
그동안 별고 없으셨나요?
요즘은 어떻게 지내시는지요?
따뜻한 손 내밀어 마주 잡읍시다.

그린 밤엔 저수지도 은빛
여우 울음소리도 은빛
사람의 마음도 분명 은빛
한가지였을 것이다.

오랜 날에 이루었던 빛바랜
약속만은 아직도 가슴에 남아 보석입니다.

1월 22일

언제나 좋은 벗

당신의 향기가
나를 살립니다.

12월 8일

나에게 전해주었던 말
눈송이 하나하나에 적어
오늘은 그대에게 돌려보낸다.

*1*월 **23**일

다만 허공에 어여쁜
피멍 하나 걸렸을 뿐이다.

12월 7일

네가 한숨을 쉴 때
내가 네 곁에서 함께
한숨 쉬고 있다는 걸
부디 잊지 말아줘.

1월 24일

땅바닥이 부드러운 품을 열어
안아주고
햇빛은 또 쓸쓸한 이불을 꺼내어
그들을 덮어주었다.

12월 6일

자기의 눈으로는 결코
확인이 되지 않는 뒷모습
오로지 타인에게로만 열린
또 하나의 표정.

1월 25일

언제나 거기 산이 있었다
아니, 산처럼 사람이 있었다
가끔은 새도 울었다.

12월 5일

네가 남긴 향기만으로도 나는
가득한 사람이란다.

1월 26일

모처럼 흐벅진 눈을 쓸면서
마음속의 길이 좀 더
헐거워졌다는 생각을 해본다.

12월 4일

시시하고 재미없는 세상
그대 만나는 것이 내게는
단 하나 남은 희망이었소.

1월 27일

언제까지고 거기 너 그렇게
웃고만 있거라
예뻐 있거라.

12월 3일

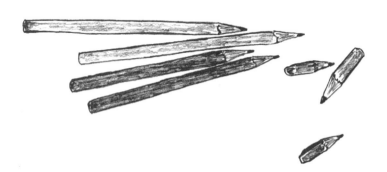

오늘 비록 못다 이룬 꿈이 있다 하더라도
그 꿈을 아쉬워하지 말기로 하자
오늘은 오늘로서 가득하고 내일은 내일로서
또한 눈부실 것이 아닌가 말이다.

1월 28일

하늘이 되고 싶은 산
바위가 되고 싶은 집
꽃이 되고 싶은 한 아이
눈부신 하늘 미소.

12월 2일

밤을 새워 누군가 기다리셨군요
기다리다가 기다리다가 그만
새하얀 사람이 되고 말았군요.

1월 29일

살아서 숨 쉴 수 있음에 감사
너를 만날 수 있음에 감사
목소리 들을 수 있음에 또다시 감사
사랑할 수 있음에 더욱 감사.

12월 1일

1년이 흘러가기는 하루 같은데
하루를 보내기는 또 1년과 같다.

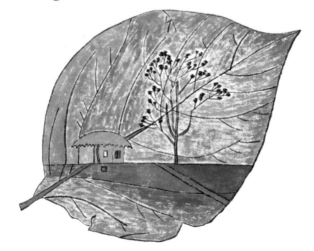

조그만 소리로 중얼거릴 때
메마른 대숲 머리 겨울의
짧은 해가 기울고 있었다.

11월 30일

이보오, 올겨울엔
저 녀석들 화롯불 삼아 가슴에
숨기고서 추운 겨울을
춥지 않게 견뎌봅시다 그려.

1월 31일

그래도 너 가다가 어둔 밤 별을 보거든
별 아래 아직도 너를 생각하는
내 마음을 생각해다오.

11월 29일

바람 속에 너의 숨결이 숨었고
구름 위에 너의 웃음이 들었다

너 부디 오래 거기 있어 다오
지구 한 모퉁이에서 잠시 쓴다.

2월 1일

하늘 아래 내가 받은
가장 커다란 선물은
오늘입니다.

11월 28일

거리에 바람이 분다
나뭇잎들이 바람에 불려 흩어진다
낮은 트럼펫 소리도 들린다.

2월 2일

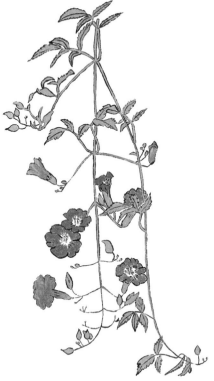

꽃들이 웃고 있어요
우리 둘이 눈으로 말하고
이야기하고 있는 것.

11월 27일

한 번도 가보지 않은 곳
가보았으나 가보지 않은 것 같은 곳에
오늘 문득 가보고 싶다.

2월 3일

이월에 오는 눈은
노래하듯 내리는 눈이다

새하얗게 붓끝으로
문지르고 문질러도 문질러지지 않는
미루나무
둑길 위에 미루나무.

11월 26일

사람들이 풀잎을 닮는다면 얼마나
좋을까 싶은 날이 내게 있었다.

2월 4일

안개가 짙은들 산까지 지울 수야
어둠이 깊은들 오는 아침까지 막을 수야
안개와 어둠 속을 꿰뚫는 물소리, 새소리,
비바람 설친들 피는 꽃까지 막을 수야.

11월 25일

힘겨운 날들
당신 한 사람 마음속에
반딧불로 고마웠습니다.

2월 5일

줄 사람도 만만치 않으면서
예쁜 물건만 보면 자꾸만
사고 싶어지는 마음.

11월 24일

산 너머 먼 하늘 밑 낯선 마을이 열릴 것 같아
저 혼자 수줍은 바알간 봉숭아 빛 노을.

2월 6일

그 길을 따라 새소리며
앉은뱅이꽃 냉이풀꽃서껀
무릎걸음으로 다가와 앉고
이슬의 깃발을 든 각시풀들도
마중 나오고.

11월 23일

부디 뒤를 돌아볼 일이 아니다
이제까지 걸어온 길이 사라졌다 해도
울먹이거나 겁을 먹을 일도 아니다.

2월 7일

당신 목소리가 나에게는 삶의 환희예요
산속에 숨어 흐르는 맑은 시냇물 소리예요
때로는 보고 싶어 가슴이 타오르는
그리움의 뭉게구름이기도 하구요.

11월 22일

오직 빈 마음 빈 바구니 하나면 된다
아니다 바구니 가득
예쁘고도 순한 말씀들 모시고 가면 된다.

2월 8일

오늘 내가 너에게 주는 마음은
그 하나 가운데 오직 하나
부디 아무 데나 함부로
버리지는 말아다오.

11월 21일

날씨한테도 당할 때 있다
어제까지 화창한 가을 날씨였는데
오늘 아침 자고 일어나 보니
눈이 하얗게 내린 게 아닌가!

2월 **9**일

반쯤 비어 있는 찻잔에
흰 구름을 가득 부어
마시면 어떨까?

더 많이 비어 있는 찻잔에
새소리며 바람소리를 채워
마시면 어떨까?

11월 20일

당신의 인생도 그만큼 고즈넉해지고 향기로워졌음을
알게 되는 순간일 터이다.

2월 10일

꽃이 피고 새잎 나는 날
마음아 너도 거기서
꽃 피우고 새잎 내면서
놀고 있거라.

11월 19일

맨소주에 취해 얼굴 붉힌 노을빛
건너다 보아준다면 더더욱 눈물나것다.

2월 11일

이보게 친구
자네도 무던히
망설이고 있네 그려.

11월 18일

아이들 떠드는 소리 아이들 후당탕거리며
지나가는 발자국 소리들도 조금 들어와
내 마음속에 잠시 머물러 놀다 가기를
바라는 마음에서다.

내 비록 아무 말 하지 않아도
그대 내 마음 짐작하고
그대 비록 입 열어 말 이루지 않아도
나 그대 마음 이미 알고도 남지요.

11월 17일

나 세상한테 괄시받고 쪼끔은 보랏빛으로 물들었을 때
제 풀에 삐쳐서 쪼끔은 쓸쓸할 때.

2월 13일

그대 떠난 날
무찔레 열매 익어
마음만 붉다.

11월 16일

일테면 나무나 강물을 명상한다고 할 때 나무나 강물만 생각하다가 끝내
우리가 나무가 되고 강물이 되어버리는 것처럼 말이다.

2월 14일

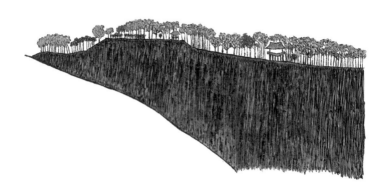

어젯밤 꿈에 당신을 생각하며 혼자서 부르고 부른 노래입니다
하늘 멀리 멀리까지 그 노래 올라가서 별이 되기를 소망합니다.

11월 15일

그렇지, 지구에서 허락받은 자네의 한 날이 저물 때까지
그냥 앉아 있어볼 것을 권한다.

2월 15일

세상에는 그 무엇도 그냥 아무렇게나
이루어지는 것은 없는 법
그렇다면 이만큼 알고 가는 것도
다행한 일 아니겠나!

11월 14일

옆자리에 내 말을 곧잘 알아듣는 귀를 가진
한 사람이 있다면 그것으로 만족입니다
빙그레 웃음 지어줄 줄 아는 사람이라면
더더욱 좋을 일입니다.

2월 16일

기웃대는 햇살 두어 가닥
쿨룩 쿨룩
바람도 기침이 잦다.

11월 13일

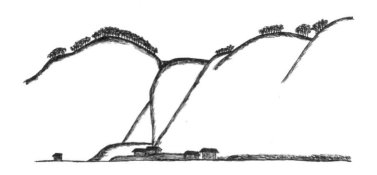

곡선은 편안하다
더 구부러져 보았자 여전히
곡선이기에 그렇다.

2월 17일

햇빛 고우면 가슴 울렁였고
바람 맑으면 발길 서성였다
누군가 한 사람 먼 곳에서
기다려 줄 것만 같아서.

11월 12일

내가 제일로 좋아하는 계절은
낙엽 져 나무 밑둥까지 드러나 보이는
늦가을부터 초겨울까지다
그 솔직함과 청결함과 겸허를
못 견디게 사랑하는 것이다.

2월 18일

둥그런 그루터기로만 남아 있을 뿐인 저것은
나무의 일이 아니다
나의 일이고 당신의 일이다.

11월 11일

거짓말인 줄 알면서도
눈물 납니다

꽃이 진다고 세상이
달라질 것도 없는데.

2월 19일

특별히 드릴 얘기가 별로 없네요.

11월 10일

또다시 저물어 가는 가을,
나도 다람쥐들처럼 구름지도 한 장
가슴속에 마련해두고 살고 싶다.

2월 **20**일

밥을 지어 놓고 뜸이 들기를
기다리는 잠시
네가 숙였던 고개
다시 들기를 기다리는
그 잠시

그냥 좋다.

11월 9일

올해도 매미가 울었다
매미 울음소리 속에
여름이 저물고
낙엽도 떨어졌다
그렇게 한 세상 잘 살았다
한 해가 저물어간다
고맙다.

2월 21일

오가는 말 속에 꽃은
눈처럼 날리고
눈은 또 꽃처럼 날린다.

11월 8일

아따 그놈의 김치찌개 맛, 오늘따라 씨원하다
11월 하늘처럼 깨운하다 말갛다.

2월 22일

보아라, 두둥실 하늘에
배를 깔고 떠가는 저기 저 흰 구름!

11월 7일

어깨 위로 머리 위로
내려와 앉는 하늘의 편지

은행나무가 자기를 모르겠느냐
묻고 있었다.

2월 **23**일

너에 대한 생각 하나 오직 활로가 되었다.

11월 6일

어쩔 수 없어 별이지요
나무로도 풀로도 산이나 강물같이
땅에 있는 것들 가지고서는 아무래도 안 되어서
하늘을 찾고 별을 찾지요.

2월 24일

네가 살고 있는 한 지구는
따뜻하고 푸르고 꽃이 피어나는
생명의 별

바람 부는 지구 위에 흔들리는
너는 붉은 꽃 한 송이.

11월 5일

다만 산수유꽃 진 자리 산수유 열매들만
내리는 눈발 속에 더욱 예쁘고 붉습니다.

2월 **25**일

네가 만약 내 마음속
파랑새라면
이젠 가거라
가서 넓은 세상 살아라

봄이 멀지 않았다.

11월 4일

이제
지나온 그림자를 지우지 못해 안달하지도 말고
다가올 날의 해짧음을 아쉬워하지도 말자.

2월 26일

화분에 물을 많이 주면 꽃이 시들고
사랑도 지치면 사람이 떠난다

말로는 그리 하면서.

11월 3일

바람이 붑니다
낙엽이 굴러갑니다
어느 먼 별에서 누군가 또
나를 슬퍼하나 봅니다.

2월 27일

네 옆에 잠시 이렇게 숨을 쉬는 순한 짐승으로 나는 오늘
충분히 행복해지고 편안해지기로 한다.

11월 2일

가을이다, 부디 아프지 마라.

2월 28일

탁!
터지는 매화
몇 송이

흐린 정신을
깨운다.

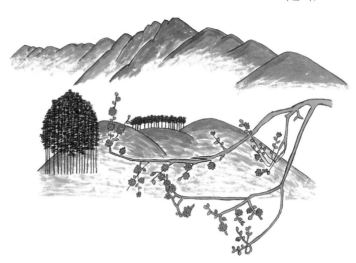

11월 1일

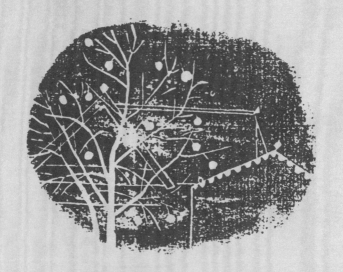

돌아가기엔 이미 너무 많이 와버렸고
버리기에는 차마 아까운 시간입니다.

2월 29일

대책 없는 그리움이여 그리움의 아우인 외로움이여
설산 까마귀도 쪼아 먹지 못할 만큼 늙어버린 비애여

그것부터 날마다 내어다 버려야만 했다.

10월 31일

따슴게 우려낸 찻물로
비린 입술 적시고
고쳐서 바라보는 세상

오늘따라 너의 모습이
고와 보인다.

3월 1일

어차피 어차피
삼월은 오는구나
오고야 마는구나
이월을 이기고
추위와 가난한 마음을 이기고
넓은 마음이 돌아오는구나.

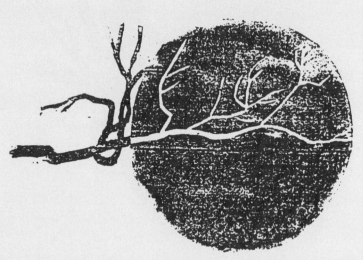

10월 30일

구름 높은 구름
좋다 내 마음도 높이 떴다.

3 _월 2 _일

나무마다 향내 나고
풀잎마다 별의 몸 내음
스몄다.

10월 29일

등 뒤에서 펄럭!
또 하나 나뭇잎이
떨어지고 있었다

오직 적막한 우주.

3월 3일

눈이라도 삼월에 오는 눈은
오면서 물이 되는 눈이다
어린 가지에
어린 뿌리에
눈물이 되어 젖는 눈이다.

10월 28일

서편 하늘에 걸려 나부끼는
핏빛 노을
누군가 남긴 마지막 시처럼
곱고도 붉다.

3월 4일

자다가 깨어난 아이처럼
세상은 배시시 눈을 뜨고
나를 향해 웃음 지어 보인다

세상도 눈이 부신가 보다.

10월 27일

아무래도 먼 곳에서
소식 없던 사람이라도
찾아올 것만 같아.

3_월 5_일

적막도 하나의
복락이 아니겠냐고
일몰시간이 되어서야 입 속으로
조그맣게 중얼거려보았다.

10월 26일

눈부신 그 속살에
축복 있으라.

3월 6일

마음을 보여줄 수 없어
시를 보여주고
여러 날

마음을 다 줄 수 없어
선물을 고른다
오래오래.

10월 25일

산기슭 외진 길에 가을바람을 손을 저어
떠나보내고 있는 코스모스 꽃 몇 송이처럼 말야.

3월 7일

밤하늘의 별들은 이름을 얻지 못하고서도
저들 혼자만의 빛으로 반짝이고 있었다.

10월 24일

미루나무 숲길에 키가 큰 바람 불면
키가 큰 그리움 따라와 서성거리고
나도 또한 그 길에 나가 서성였다네.

3월 8일

잘 있노라니
그것만 고마웠다.

10월 23일

힘겹게 다시 열린 넓고 푸른 가을하늘,
높이 걸린 흰구름 보며 생각 는다.

3월 9일

바위는 부서져 모래가 되는데
사람의 마음은 부서져 무엇이 되나?

10월 22일

사람들 마음속에 커다란 나무 한 그루씩 심겨진 것은 그 뒤의
일이었다.

3월 10일

속일 수 없다

오만함과
그윽함

어여쁨까지.

10월 21일

꽃송이 하나하나가 그 사람 슬픈 듯
기꺼운 듯 웃음이 되고 몸 내음 되어
나를 놓아주지 않는 것이었다.

3월 11일

당신에게서는
이름 모를
풀꽃 향기가
번지곤 했습니다
그럴 때마다 나는
당신도 모르게
눈을 감곤 했지요.

10월 20일

거기 거기
철늦은 민들레, 강아지풀, 그리고
십 원짜리 동전 한 닢
반짝!

3월 12일

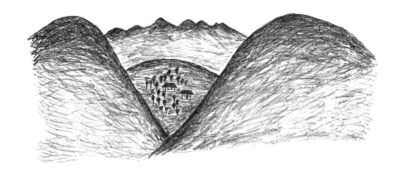

소나무 터져 나온 새하얀 생살
눈부신 아침 햇살에
희고도 곱다
잠든 언덕도 솔향기에 부스스
눈을 뜨고 몸을 흔든다.

10월 19일

넓은 창으로 낙엽을 떨구어내는
나무들이 건너다보입니다
저들도 쉬고 싶은 생각이 들어 지금
바쁘게 집으로 돌아가는 중인가 봅니다.

3월 13일

어쩌면 나의 노래를 실은 종이배 당신의 하늘에서도 보일지 모르니까요
당신의 별빛 속에서도 내 노래 소리 들릴지 모르니까요.

10월 18일

외로울 때
혼자서 부를 노래 있다는 것.

3월 14일

바로 말해요 망설이지 말아요
내일 아침이 아니에요 지금이에요
바로 말해요 시간이 없어요

사랑한다고 말해요
좋았다고 말해요
보고 싶었다고 말해요.

10월 17일

비껴가다가
길 어긋나 반쯤만
얼굴 본 사람.

3월 15일

믿어봐 믿어줘봐 네 자신 안에 있는 너를 네가 먼저 믿어줘봐
모든 일이 잘될 거야 좋아질 거야.

10월 16일

꿈꾼
요 며칠

허둥대며 살았네

흰구름
밟고.

3월 16일

멀리 사는 얼굴 모르는 사람조차 보고 싶은 날
다만 그뿐이야.

10월 15일

오늘 아침은 단풍잎 하나하나가
모두 당신 얼굴이고 당신 모습입니다.

3월 17일

삐딱한 꽃가지가 비로소 편안해진다
이쪽의 마음도 따라서 편안해진다.

10월 14일

바람이 불어요
어서, 어서 오세요
방 안으로 들어와
문을 닫아요
떨어진 모란 꽃잎이
뒤따라와요.

3월 18일

연둣빛 눈을 가진 첫날
바람이 창가에 찾아와 이야기하자고 조른다.

10월 13일

당신이 숨 쉬고 있는 지구가 참 푸르고도
아름답습니다.

3월 19일

너무 멀리까지는 가지 말아라
사랑아.

10월 12일

구름의 잔에
음악을 풀어 넣는다

비어 있는 인생이
문득 향기롭다.

3월 20일

봄이 와
다만 그저 봄이 와
파르르 떨고 있는
뽀오얀 봄맞이꽃
살아 있어 좋으냐?
그래, 나도 좋다.

10월 11일

그러나 이러한 사소한
서러움마저 내게 없었다면
이 가을은 또 얼마나 더
적막한 가을이었을까 보냐.

3^월 21^일

아무 것도 떠오르는 것이 없다.

10월 10일

그리다 만 강아지풀들 한사코
울먹이며 매달리는데

저녁놀 눈부셔라
흐려지는 파스텔.

3월 22일

묵은 나무둥치에 꽃이 피고 새잎 돋듯
내 몸뚱어리에서도 꽃이 피고
새잎이 돋을라나!

10월 9일

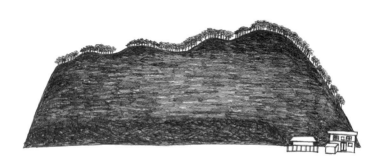

옛날에 옛날에, 여기 사람의 마음이 살았지. 그 마음결 곁에 눈물도 찾아와 반짝이고 더러는 솜털이 보송보송 귀여운 기쁨들도 따라와 콩당콩당 뛰어 놀았지.

3월 23일

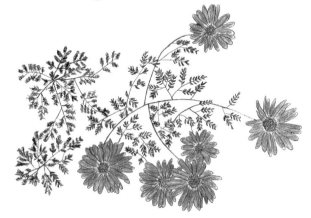

부디 돌아가 꽃 한 송이 만났노라
떠들지 말 일이다
어여쁜 사람 다시 보았노라
소문내지 말 일이다.

10월 8일

내 마음도 많이, 성글어졌다
빛이여 들어와
조금만 놀다 가시라
바람이여 잠시 살랑살랑
머물다 가시라.

3월 24일

오늘은 전화를 다 주셨군요
배꽃 필 때 배꽃 보러
멀리 한 번 길 떠나겠습니다.

10월 7일

너 오늘 혼자 외롭게
꽃으로 서 있음을 너무
힘들어하지 말아라.

3월 25일

인간은 평등
인생 계급장 떼고
리콜된 제품.

10월 6일

빈 들판에 나는
바람 부자

부러울 것 없네
가진 것 없어도
가난할 것 없네.

3월 26일

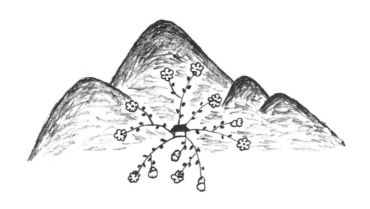

어디선 듯 문득 새로 돋는
달래 내음 애기 쑥 내음이라도 조금
번질 것 같지 않습니까?

10월 5일

드디어 가을입니다.
모진 더위와 한숨의 강물을 넘어
비로소 이 땅에도 가을입니다.

3월 27일

오직 이 한 사람으로
나의 마지막 하늘이 밝겠습니다
따뜻하겠습니다

오직 우정이란 이름으로.

10월 4일

오래 살았지만 외로움을 잘 챙겼고
그러므로 따뜻함을 잃지 않은 사람
마주 앉아 마신 향기로운 차가 좋았고
서로 웃으며 나눈 이야기는 더욱 좋았다.

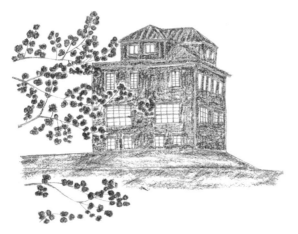

3월 28일

그런 날이면 하늘에
새 한 마리 떠 있었다.

10월 3일

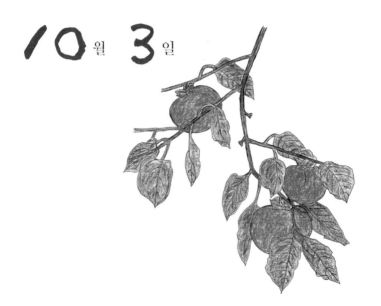

어렵사리 우리의 첫 번째 가을이 찾아오는 날. 우리는 붉게 익은 감알들을 올려다보며 감나무 아래 오래도록 서 있어도 좋겠습니다.

3월 29일

찬바람이 불 때부터 기다렸어요
눈이 내리고 얼음이 얼 때부터
가슴에 품었어요.

10월 2일

시월,
강물이 곧바로 보이는 유리창은 너무나 밝고
내 앞에 앉아있는 너는 너무 가깝다.

3월 30일

눈이 부신 듯 조금 눈썹을 찌푸리면서
껍질 벗긴 양파냄새도 조금 풍기면서
옷 벗고 으스스 속살이 떨리기도 하면서
서툴게 왔다가 서둘러 떠나는 사람이 있다.

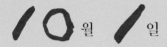

10월 1일

신이 허락하신 만큼 오늘 하루치의 사랑과 평안과
따스함과 부드러움을 당신께 전해요.

3월 31일

시간이 지나고 날이 가면 내 앞에 있던 좋은 사람도
떠나가 빈자리 될 것을 미리 알기에 더욱 그렇다.

9월 30일

가을이시여 오늘은 당신하고라도 마주 앉아
녹차나 따습게 우려 후루룩 후루룩
소리를 만들어 내며 마셔볼까 그러합니다.

4월 1일

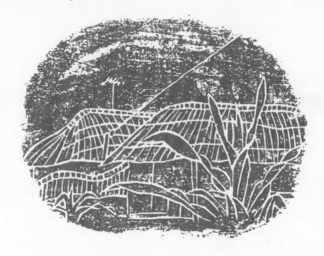

밤새워 당신
생각하고 일어난 아침
문 열고 나와 보니 꽃이 폈어요.

9월 29일

별나다, 오늘
구름도 없다
굽은 길 멀리 있다.

4월 2일

올해도 만났군요 꽃이 되어 오셨군요
소식 없이 왔다가 자취 없이 가는 당신
나 또한 당신 앞에선 꽃으로 지고 싶어.

9월 28일

햇빛도 햇빛 나름
늦가을 햇빛은 이제
방 안 깊숙이까지 파고들어
대낮에도 으스름한 그늘을 치는데.

4월 3일

도대체 새들에겐
무슨 일이 있었고
물고기들에겐 무슨 일이
생겼던 것일까!

하늘에서 또 물속에서.

9월 27일

노랑 물감이 벌써 많이
풀려 있었다
갈색 물감도 번져 있었다.

4월 4일

너무 자세히 알려고 하지 마시게
굳이 이해하려 하지 마시게
그것은 상징일 수도 있고
던져진 느낌일 수도 있고
느낌 그 자체, 분위기일 수도 있네.

9 월 26 일

꽃 보고 싶은 마음
가을에도 죽지 않아서
단풍조차 꽃으로 보이는 날
그날을 기념하여
그대 오셨구려.

4월 5일

북한산 높은 봉우리도 이마 끄득여
빙그레 웃으시는 게 썩 잘
건너다 보이는 서울 어느
맑은 날.

9월 25일

사랑이여, 그대 이제 돌아오지 않아도 좋다.

4월 6일

봄마다 이렇게 서러운 것은
아직도 내가 살아 있는
목숨이라서 그렇다는 것을
햇빛이 너무 부시고 새소리가
너무 고와서 그렇다는 걸 알게 됩니다.

9월 24일

아주 눕기보다는
비스듬히

등을 기대고 혼자서보다는
두셋이서

난 그런
강아지풀.

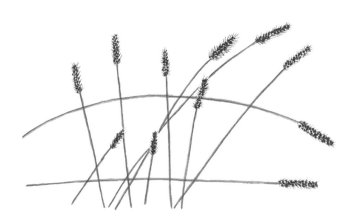

4월 7일

미끄러운 신발 바닥에
두엄냄새 닭똥구린내가 미끄러지고
산수유 복수초 영춘화 민들레
드디어 샛노란 냄새까지 깔려서
짓이겨진다 해도 너무
안쓰러워 가슴 아파할 일은 아니리.

9월 23일

어느 집 담장 위엔가
넝쿨콩도 올라와 열렸네
석류도 바깥세상이 궁금한지
고개 내밀고 얼굴 붉혔네.

4월 8일

신부가 되었다가 튀밥이 되었다가
흰 눈이 되었다가 흰나비 되었다가
에라 모르겠다 네 마음대로 되거라.

9월 22일

혼자 울면서 중얼거리는
정다운 이름들 속에
들릴 듯 말 듯한 나의 이름
건듯 가을 찬바람에
미리 전해 듣는다 하겠네.

4월 9일

몸부림치듯, 몸부림치듯
해마다 오는 봄이 그러하다
내게 오는 네가 그렇다.

9월 21일

돌아갈 수 없는 아름다운 나라
누구나 한번쯤은 살았던 그 나라
우리는 추억이라 부르네
사랑이라고 부른다네.

4월 10일

황사바람 속 흐린 하늘 아래
서둘러 꽃들은 또 한 번 까무러칠 듯 피었다 지고
신록은 덧칠로 어우러지기 시작하는데.

9월 20일

하늘 아래 내가 받은
가장 커다란 선물은
오늘입니다.

4월 11일

민들레는 또 한 차례의 생애를
서둘러 완성하고
바람결에 울음을 멀리
멀리까지 날려 보내고 있었다

따스한 봄날 하루.

9월 19일

이만큼이라도 남겨주셨으니
얼마나 좋은가!

지금이라도 다시 시작할 수 있으니
얼마나 더 좋은가!

4월 12일

하늘 나는 새는
언제나 배불리
먹이를 쪼지 아니하고
먹을 것이 있어도 얼마큼은
먹을 배를 남겨두는 법이라고.

9월 18일

내 마음속에 들어와
살고 있는 너는 여전히
예쁘고 귀엽단다.

4월 13일

꽃의 꿀을 빨 때보다는
바람 속에 날개 하느적이며
날고 있을 때
그 조그맣고 어여쁜 날개 몇 장으로
드넓은 하늘을 펼쳤다
접었다 그러할 때.

9월 17일

어쩐지 하늘이 맑고 푸르게 보이기 시작했으므로
그런 뒤로 며칠 지나 가을이
정말 가을이 기적처럼 찾아왔으므로.

4월 14일

가깝지 않지요
아주 멀리 그대 살고 있기에
오늘도 나 이렇게 싱싱한 풀입니다

숨소리 들리지 않지요
아스라이 그대 숨소리 향기롭기에
오늘도 나 이렇게 한 송이 꽃입니다.

9월 16일

가을 햇빛은 참 위대한 힘을 가졌다
우리나라의 가을 햇빛은 더욱 그렇다.

4월 15일

너의 얼굴 바라봄이 반가움이다
너의 목소리 들음이 고마움이다
너의 눈빛 스침이 끝내 기쁨이다.

9월 15일

세상이여 당신, 언제나 이쁘거라
세상이여 너, 내일도 부디 젊었거라.

4월 16일

너무 오래 쥐고 있어
팔이 아픈 아이가
풍선 줄을 놓아버리듯

나뭇가지가 힘겹게
잡고 있던 꽃잎을 그만
바람결에 주어버리다.

9월 14일

그리하여 흰구름이 웃음 지으며 날더러
무어라 말을 걸어오는지
미루나무며 버즘나무가 이파리를 반짝이며
무어라 속삭여주는지.

4월 17일

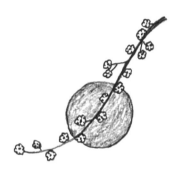

배꽃 질 땐 미쳤지요 나무 아래 미쳤지요
한잔 술에 취한 그대 헤어지자 울먹이고
달밤에 눈인 양 배꽃 흩날리던 달밤에.

9월 13일

문득 번지는 진한 꽃내음
꽃들도 몸이 잘릴 때 상처를 받을 때
더욱 진한 향내를 내뿜는 거구나
그렇다면 사람은 언제 진한 향기를 내뿜는 걸까?

오늘도 그대는 멀리 있다

이제 지구 전체가 그대 몸이고 맘이다.

9월 12일

이런 날은 하늘 높이높이 올라가
구름 위에서 풍덩
세상 속으로 뛰어내려보고 싶다.

4월 19일

사람아,
내가 너를 두고
꿈꾸는 이거, 눈물겨워하는 이거, 모두는
네게로 가는 여러 방법 가운데
한 방법쯤인 것이다
숲속의 한 샛길인 셈인 것이다.

9_월 11_일

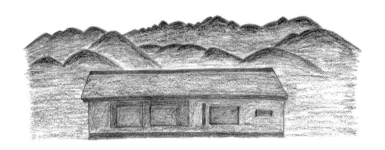

우리는 제각기 서로 다른
별나라에서 떠나온 사람들
늬들도 지구여행 잘 마치고
무사히 돌아가기를 바란다.

4월 20일

당신이 이제는 꽃으로 피어나실 차례입니다
가장 아름다운 우리의 꽃으로 오실 차례입니다.

9월 10일

세상은 당신에게 드리는
가장 좋으신 선물

당신도 세상한테
좋으신 선물이 되어보구려.

4월 21일

세월 간다고 모든 나무들의 몸통이 굵어지는 건 아니다
어떤 나무는 세월이 가도 몸통이 굵어지지 않는 나무도 있으니까.

9월 9일

여름을 보내기 싫은 마지막
매미 소리가 가늘고도 파란 강물을
멀리까지 흘려보낸다.

4월 22일

스타가 되고 싶은 딸아,
어두워지는 밤이 오면 하늘을 보거라
거기, 아빠가 너를 내려다보고 있을 것이다.

9월 8일

맨드라미 저 붉고도 징그러운
9월, 꽃몽두리 위에
당신 보고 싶어 하는 마음을 꺼내어
살그머니 얹어놓습니다.

4월 23일

무슨 일이 일어나긴
일어난 모양이에요
그렇지 않고선 이렇게
가슴이 울렁거릴 까닭이 없어요.

9월 7일

예쁜 너도 나한테는 때 묻지 않음이야
네가 어떤 잘못을 해도 그것은 잘못이 아니고
예쁜 짓 그대로야.

4월 24일

살아도 살아도 모르는 것 천지
읽어도 읽어도 산더미같이 쌓이는 책들
아, 만나도 만나도 정다운 사람들
이 무진장, 무진장의 재미.

9월 6일

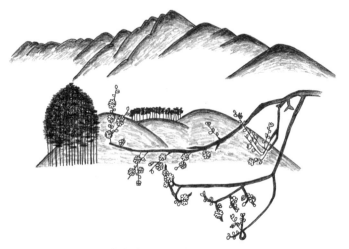

바람에게 묻는다
지금 그곳에는 여전히
꽃이 피었던가 달이 떴던가.

4월 25일

나무한테 속상한 얼굴을 보여주지 마세요
나무한테 어두운 목소리로 투정하지 마세요
그건 나무한테 하는 예의가 아니랍니다.

9월 5일

외로움은 인간을 병들게 하지만 때로
영혼을 맑고 깨끗하게 만들어주기도 한다.

4월 26일

주황빛 햇살인 양 눈이 부셨다
민들레 꽃씬 양 흩어지고 있었다.

9월 4일

매미의 허물
벗을 때 되어간다
서늘한 이마.

4월 27일

겨울과 여름 사이 어디쯤
이상한 어지럼증이거나 소용돌이
아지 못할 꽃빛깔이거나
맴돌고 있는 새소리.

9월 3일

때로 사랑은 서로 말이 없이도
서로의 가슴속 말을 마음의 귀로
알아들을 수 있다는 것

그보다 더 좋을 게 없습니다.

4월 28일

다만 아침과 저녁 사이
환한 햇빛이 조금 비치고
맑은 바람이 조금 흐르고
새소리 몇 소절 던져졌을 따름.

9월 2일

구름이라도 구월의 흰구름은
미루나무의 강언덕에
노래의 궁전을 짓는 흰구름이다.

4월 29일

일단 파산 신고를 하고
망해버린 인생이다
천신만고 기회가 주어져
다시 시작하는 게임이다.

9월 1일

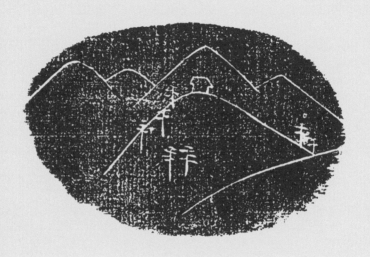

아직도 너를
사랑해서 슬프다.

4월 30일

너는 깜장이 되거라
하양이 되거라
나는 그 나머지가 되마.

8월 31일

이슬 속에 피어 더욱 눈부셔라
보아도 또 보고 싶어라.

5월 1일

기죽지 말고 살아봐
꽃 피워봐
참 좋아.

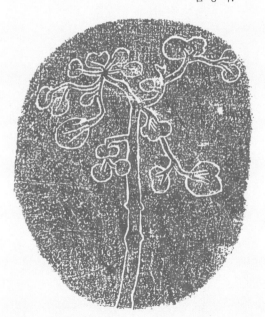

8월 30일

혼자서 돌아가는 외로운 지구 위에서
언제나 나는 기다리는 사람
그러나 기다리며 산 시간들
촘촘하고 질기고 아름다웠다고 말하리.

5 월 2 일

무엇보다도 먼저 이 지구가 나에게 가장 큰 선물이고
지구에 와서 만난 당신,
당신이 우선적으로 가장 좋으신 선물입니다.

8월 29일

풍경이 그러하듯이
풀잎이 그렇고
나무가 그러하듯이.

5월 3일

사랑 없는 사람도
사랑을 하고 싶어 하고
한 번도 가보지 못한 나라
낯선 풍경을 보여주는 달.

8월 28일

이른 아침부터
키 큰 미루나무 꼭대기
어린아이 보채듯
매미가 운다
여름이 가려나 보다.

5월 4일

향기 없음이 오히려 향기로와라
사람 없는 곳에 숨어서 울며
생면부지의 사람들 틈에 묻혀서 산다
끝끝내 아무한테도 들키지 않은 돌멩이 하나.

8월 27일

저렇게 많은 별들을 누가
쏟아놓았나?

5 월 5 일

자세히 보아야
예쁘다

오래 보아야
사랑스럽다

너도 그렇다.

8월 26일

못나서 안쓰럽고
안쓰러워 사랑할 수밖에 없었다
사랑하여 너는 세상에서
가장 예쁜 네가 되었다.

5월 6일

별 보면 설레는 마음
너 혼자만 갖지 말고
나한테도 좀 나누어주렴.

8월 25일

빨리 온 가을

당신
오마
하기에

호수 물 철렁.

5월 7일

다시 한 번만 사랑하고
다시 한 번만 죄를 짓고
다시 한 번만 용서를 받자

그래서 봄이다.

8월 24일

나 하루를 살아도
아름다이 마무리하고 싶음은
오로지 당신 때문입니다.

5월 8일

내가 당신한테 꽃인 줄 알았더니
당신이 내게 오히려 꽃이었군요.

8월 23일

구름이 많이 가벼워졌다.

5월 9일

쉬이 잠들지 못하리

꽃이 피어 바위에서도
향내가 날 것 같은 밤.

8월 22일

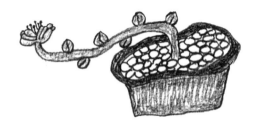

바람 없이도 펄펄 떨어지는 꽃잎은
당신 발밑에 당신 옷섶에 꽃잎의 수를 놓습니다.

5월 10일

그래서 쇠별꽃은 그냥
쇠별꽃일 수 없고
앉은뱅이꽃 또한 그냥
앉은뱅이꽃일 수만은 없다.

8월 21일

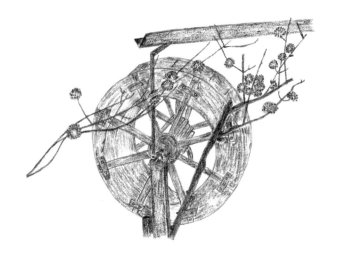

다들 반가워요
잘들 있어줘서 고마워요.

5월 11일

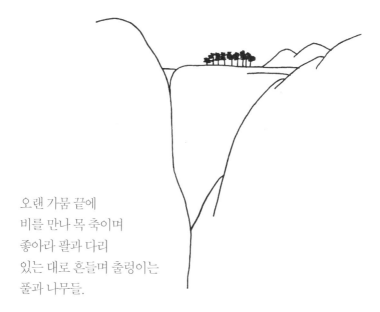

오랜 가뭄 끝에
비를 만나 목 축이며
좋아라 팔과 다리
있는 대로 흔들며 출렁이는
풀과 나무들.

8월 20일

그러나 정작 당신에게 드리고 싶은 것
눈에 보이는 그 어떤 물건이 아니라
눈에 보이지 않는 내 마음이라는 것을
당신도 이미 아시는 일입니다.

5월 12일

슬픔에 손목 잡혀 멀리
멀리까지 갔다가
돌아온 그대

오늘은 문득 하늘
쪽빛 입술 붓꽃 되어
떨고 있음을 본다.

8월 19일

하늘을 바라보고 눈물 글썽일 때
발밑에 민들레꽃
해맑은 얼굴을 들어 노랗게
웃어주었다.

5월 13일

만나기는 한나절이었지만
잊기에는 평생도 모자랐다.

8월 18일

마음이 아파서 여러 번
글씨 쓰는 손이 떨렸습니다.

5월 14일

맨날 흐린 하늘이라
불평했건만
오늘따라 개인 하늘
구름도 옷을 벗었다

구름은 희다.

8월 17일

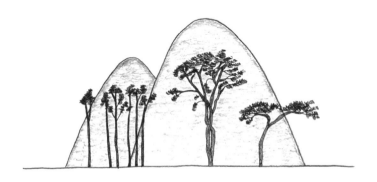

다만 그대의 흐린 별빛
어두운 밤길 헤매는
한 나그네의 발길을 이끌고 그의
고달픔을 달랠 수 있음만 감사하라.

5월 15일

그렇다!
될수록 변함없는 당신의 웃음을 보여라
여전히 그 자리 지키고 사는
변함없이 편안한 소식을 전하라.

8월 16일

오늘은 모처럼 평안하고 밝은 마음을 전해요
천둥번개 먹구름 후려치고 떠나간 맑고 푸른 하늘을 드려요.

5월 16일

마음을 보냈으나
끝내 돌아오지 않았다
물소리 바람소리 몇 가닥
물새 두어 마리 돌아와 또
우짖었을 뿐이다.

8월 15일

자, 가보자
오늘도 세상 속으로
독립운동하러 떠나보자.

5 월 17 일

바람과 먼지 속에 또 한 차례
봄이 그렇게 꼬리를 감추고 있었다

비는 내리고 살구꽃 지고 새는 울고.

8월 14일

당신이 내 마음속에 들어와 살게 된 것은
얼마나 감사한 일이고 다행스런 일인지요?
그야말로 복 받은 일이지요.

5월 18일

그리하여 풍경이 우리를 한 가족으로 받아줄 때
비로소 우리는 사람다운 사람이 되고
편안하게 숨도 쉴 수 있게 되는 것이다.

8월 13일

남의 외로움 사줄 생각은 하지 않고
제 외로움만 사달라 조른다
모두가 외로움의 보따리 장수.

5월 19일

다시 건너다보았을 때
그는 보이지 않고 다만
바람과 구름이 그의 모습
윤곽만을 고요히
떠받들고 있었다.

8월 12일

향기로운 바람이라도 스치는가
목백합나무 푸르고 너른 이파리가
너울거린다.

5월 20일

이윽고 날이 저물고 방 안이 어두워졌지만
마음은 여전히 환하고 따스하다
다만 한 지붕 아래 한 솥에서 지은 밥상 위에
때로는 한 이불 속에.

8월 11일

네가 예뻐서
지구가 예쁘다

네가 예뻐서
세상이 다 예쁘다.

5월 21일

눈물이나 슬픈 생각보단
아름다운 노래를 들려주어요.

8월 10일

들판은 오늘도
인자하신 어머니다.

5월 22일

뚝, 뚝, 뚝,
그건 누군가의 붉은 울음
붉은 영혼.

8월 9일

날마다 봐도 좋은 바다
날마다 만나도 정다운 너
바다 같은 사람
참 좋은 내게는 너.

5월 23일

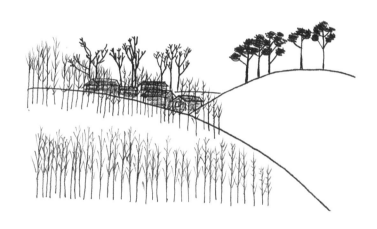

끝내는 잊어야 할 사람
서둘러 잊기 위해 꽃을 던져라.

8월 8일

저녁노을 붉은 하늘 누군가 할퀸 자국
하느님 나라에도 얼굴 붉힐 일 있는지요?
슬픈 일 속상한 일 하 그리 많은지요?
나 사는 세상엔 답답한 일 많고 많기에……

5월 24일

그래도 반짝이는 순간순간의 생이 고맙지 않겠냐고
하루에도 몇 번씩 중얼거려보았습니다.

8월 7일

키 낮은 담장 너머
휘휘휘휘 키가 큰
어둠이 기웃대는 여름이라도
늦여름의 땅거미.

5_월 25_일

생강 꽃 더욱 노랗다
꽃이 옹알이 할 것만 같다.

8월 6일

그대 얼굴 위에
한 조각 흐린 노을빛
미소가 남아 있을 때까지만
여기 앉아 있겠습니다.

5월 26일

밥은 또 하나의 집이다.

8월 **5**일

오늘 내가 너에게
주는 마음은 잘람잘람
그렇지만 넘치지 않게.

5월 27일

어린 강아지풀과
노랑 씀바귀꽃과 분홍빛 패랭이꽃이
그렇다고, 그건 그렇다고
고개를 끄덕여주고 있었다.

8월 4일

땅 위에도
좋은 길을 가는 사람이 있다
제가 살아야 할 삶이
어떤 삶인지 아는 사람,
초록의 길이다.

5월 28일

허, 물건들이사 버리거나
태워버리면 되겠지만
주인 없이 떠돌 마음들은
누가 거두어주나!

8월 3일

당신 가까이 갈 수 없어
나는 하루에 한 차례씩
지구를 쓰다듬어요
너무 멀리 있어 차라리
지구가 당신 대신이에요.

5월 29일

절간의 연못에 헤엄치는 물고기
살이 너무 쪄서 슬프다
커다란 몸뚱아리 흔들며 먹이 달라
입 벌리는 탐욕이 너무 커서 슬프다.

8월 2일

구름 높이, 높이 떴다
하늘 한 가슴에 새하얀
궁전이 솟았다.

5월 30일

그대 부디 지금, 인생한테
휴가를 얻어 들판에서 풀꽃과
즐겁게 놀고 있는 중이라 생각해보시라.

8월 / 일

어제는 너를 보고 조약돌이라고 말하고
오늘은 너를 보고 호수라고 말했다.

5월 31일

하고 싶은 일을 하니 좋고
하고 싶지 않은 일을 하지 않으니
더욱 좋다.

7월 31일

이름을 알고 나면 이웃이 되고
색깔을 알고 나면 친구가 되고
모양까지 알고 나면 연인이 된다
아, 이것은 비밀.

6월 1일

꽃들이 웃고 있다
바람이 간지럼
먹이다 갔나 보다.

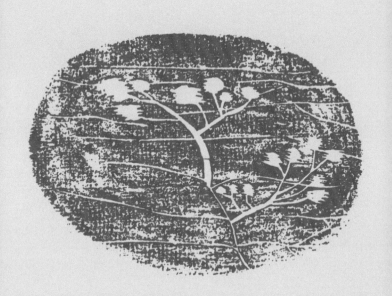

7월 30일

더는 참을 수 없다
이제는 먹을 갈아야지.

6월 2일

이리도 맑고 고우신 날
하는 일 없이 놀기만 한다면
아무래도 하느님한테
꾸중 들을 일이구말구.

7월 29일

가진 것 가운데서도 될수록 많이 덜어낼 것
남한테 받는 것보다는 주기에 힘쓸 것.

6월 3일

밖으로 타오르기보담은 안으로
끓어오르기를 꿈꾸고 열망했지만
번번이 핏물이 번진 손수건, 패랭이꽃 빛
치사한 게 정이란다 눈 감은 게 마음이란다.

7월 28일

덥다, 덥다
이 말도
살아있다는 증거

추워요, 추워요
이 말씀도
고마운 말씀.

6월 4일

그래요, 우리 멀리 떨어져 살면서도
오래 헤어져 살면서도 스스로
행복해지기로 해요
그게 오늘의 약속이에요.

7월 27일

얼음과 사막의 세상
그것도 지구 끝장 무렵에
너는 나에게 찾아온 얼음의 꽃
그리고 불의 꽃

그 꽃에 감사하고 감격한다.

6월 5일

만나지 못했을 땐 보고 싶어 힘들었고
만나서는 언제든지 짧은 시간 아쉽더니
이제는 다시 새처럼 떠난다니 어쩌나!

7월 26일

또다시 사랑은 무엇일까?
아무리 생각해보아도 그것은
얼만큼 거리를 두고 바라다보는 것.

6월 6일

유월은
장미 가지 사이로 내리는 빗방울처럼
화안한 네 웃음 빛깔을 보여주셔요.

7월 25일

나의 시가 때로 어둑한 표정인 것은
우주가 또 어둑한 표정인 탓입니다.

6월 7일

바람이 지나가고
풀꽃 향기가 스쳐가고
흰구름이 흘러가고……
그러나 끝내 아무런 일도
일어나지 않았다.

7월 24일

너를 생각하면 나는
오만가지 마음으로 변하고
너를 만나면 다시
오만가지 변덕을 부리곤 한다.

6월 8일

세상은 아직도 징글징글하도록 좋은 곳이란다.

7월 23일

끝내 마음이 있는 곳까지만
함께 가자
오늘 바로 그랬다.

6월 9일

물총새 물총새 물을 차고 올라
날개 더욱 파래지는 둔덕에
바람도 살금살금 기어와
허물 벗는 저녁때.

7월 22일

아침에 어떤 새들이 지절거렸는지
점심때 바람이 무어라 속삭였는지
나는 너희들이 무척이나 부러울 때가 있단다.

6월 10일

살아가다가 땀 흘리며 가쁜 숨
몰아쉬며 살아가다가
더러는 무릎 꺾고 주저앉아
마음속 고즈넉한
섬이라도 한 채 찾아낼 일입니다.

7월 21일

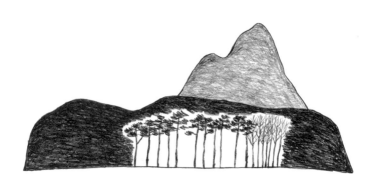

밤이 참 많다.

6월 11일

나의 마음과
나의 기도가 만나 더욱
빛나는 별이 되었다

밤하늘에
눈물 머금은
별 한 점.

7월 20일

바람아 나를 흔들어다오
나도 예쁜 나뭇잎처럼
예쁜 하나의 손이 되고 싶다.

6월 12일

머리 위에서 새들은 지절거린다
색종이 잘게 썰어 바람에 날리우듯
소리의 갈채를 무차별
쏟아붓는다.

7월 19일

이 숲속에서 나는 지금 아무 곳으로든
갈 수도 있고 가지 않을 수도 있다.

6월 13일

대답은 간단해요
내가 당신 사랑하고 있기 때문이에요
내가 당신 사랑하는 것 당신도
알고 있기 때문이에요.

7월 18일

나는 지금 누군가 한 사람의 다정한
위로의 말이 필요하다.

6월 14일

바람이 하루 종일 숲속의 나뭇잎을 흔들며 놀다 가도
숲속에는 아무런 흔적도 남지 않듯이.

7월 17일

무궁화 꽃이 피었군요
장미꽃이 핀 줄은 이미 알고 있었지만.

6월 15일

우리네 인생살이란 것도 시시하고 재미없기는 마찬가지. 그러나 구슬프고 눈물나는 것이 인생살이란 것이겠구나. 요즘 나도 그것을 조금씩 알아가지 싶다.

7월 16일

새벽잠 깨어 혼자 하늘을 바라보는
누군가의 별빛도 되겠지요
사랑하는 마음 찾아가려 하지 마세요.

6월 16일

혼자서도 오늘은 오래도록 당신을
사랑해서 억울하지 않겠습니다.

7월 15일

다만 맨드라미 꽃빛으로 물든 서녘하늘
얼굴 없는 사람이 손을 흔들었다.

6월 17일

높은 산 맑은 물
어푸러져 왈칵
울고 싶은 초록이라!

7월 14일

바람이 불면 바람 불어서 슬프고
햇빛 고우면 햇빛 고와서 외로운
나는 쓸쓸한 서정시인.

6월 18일

새들 몇 마리 물속 세상에 빠르게 빗금을 긋습니다
그 뒤로 웃고 있는 얼굴 하나 살그머니 다가와
이쪽을 바라봅니다
바로 당신이군요.

7월 13일

세상에 소중한 건 모두가 오직 하나
하늘에 해와 달도 지구도 오직 하나.

흰 구름 보며 공기에게도
말을 걸어본다
미안하다 미안해
내가 너무 오래 사람인 거 아니니?

7월 12일

누군가 죽어서
밥이다

더 많이 죽어서
반찬이다

잘 살아야겠다.

6월 20일

길거리나 사람들 사이에
버려진 채 빛나는
마음의 보석들.

7월 11일

나에게 새로운 길은 언제나
누군가에게서 버림받은
풀덤불에 묻힌 낡은 길이다.

6월 21일

때로는 억울한 마음 미안한 마음
나무한테 바람한테 맡겨버리고
돌아오는 가벼운 어깨 호숩은 발길
있는 듯 없는 듯 감자 꽃이 웃고 있었다.

7월 10일

세월이 흘러가고 세상물정 바뀐대도
쉽사리 변치 않는 한 사람 있다는 건
오로지 그것만으로 소중한 일 아니리.

6월 22일

웃어도 웃고 울어도 웃고 입을 다물어도 웃고 입을 벌려도 웃고 앉아서도 웃고 서서도 웃고 누워서도 웃기만 하는 너! 숨이 넘어가면서도 웃을 너! 아주 많은 너! 결국은 나!

7월 9일

아이들은 제 마음속 징검다리가
끝난 곳쯤에서 징검다리를
새로 더 놓으며 멀리 아주
멀리까지 가기도 할 것이다.

6 월 23 일

들판 가득 꽃들은 피어서 붉고
하늘가로 스치는 새들도 본다.

큰배 사람들이 필요로 하기 때문에 사랑받는 것이 사랑이다.

꽃처럼 많은 것이 많으므로 때문에 중요한 것이 사람이다.

이로하면 것이 많으므로 때문에 이로하옵고

7월 8일

6월 24일

온몸에 초록색 물감이 든다. 드디어 나는 한 마리 초록의 벌레가 되어 나무 이파리 위를 기어간다. 이제 나무 이파리는 드넓은 벌판이다. 더듬이를 세워 허공을 휘저어본다. 모처럼 맑은 하늘이시다.

7월 7일

풀잎의 눈과
이슬의 입술을 가진 사람
바람의 숨결과
구름의 마음을 간직한 사람.

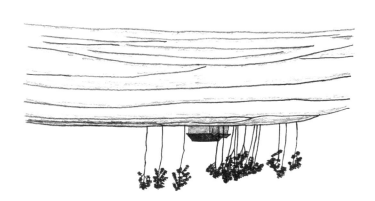

아, 나도 공을 차기 시작했어요.

비밀글

6월 25일

7월 6일

맑은 날은 먼 곳이 잘 보이고
흐린 날은 기적 소리가 잘 들렸다

하지만 나는 어떤 날에도
너 하나만 보고 싶었다.

사랑은 그게 아니라 저지른 네 부끄러이
그래 웃음 끝을 보지 말고 웃으라고
맘속을 보고 웃지요.

6월 26일

7월 5일

활짝 핀 꽃나무 아래서
우리는 만나서 웃었다
눈이 꽃잎이었고
이마가 꽃잎이었고
입술이 꽃잎이었다.

지난 날 고민 끝에 웃음을 그득히

꺼내 한 줌의 잎이 지는 미래 지혜의 웃음이 있어라

6월 27일

당신 생각으로
오늘 기뻤지요

그 말이
듣기 좋아요.

6월 28일

너는 별빛 너머 빛나는 별
꽃송이 속에 웃고 있는 꽃

더는 꿈꾸지 않아도 좋겠다.

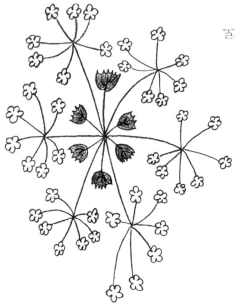

가지 않는 길이다.
가지 않는 길이 정원으로
가려 수 있으로

7월 3일

내가 그리운 마음일 때

차는 그리운 마음이라

풀을 보며 생각했다.

6월 29일

나의 인생에 당신이 그립니다.
나의 소중한 기억 그것도

쫓아내 버릴게 손짓하며
용서와 진심에 함께 나타니

7월의 금

세꾸러기처럼 고운 마음이다.

너 웃음을 그려 세상이

꽃처럼 예쁜 꽃이다

너는 그려 세상이

6월 30일

7월 1일

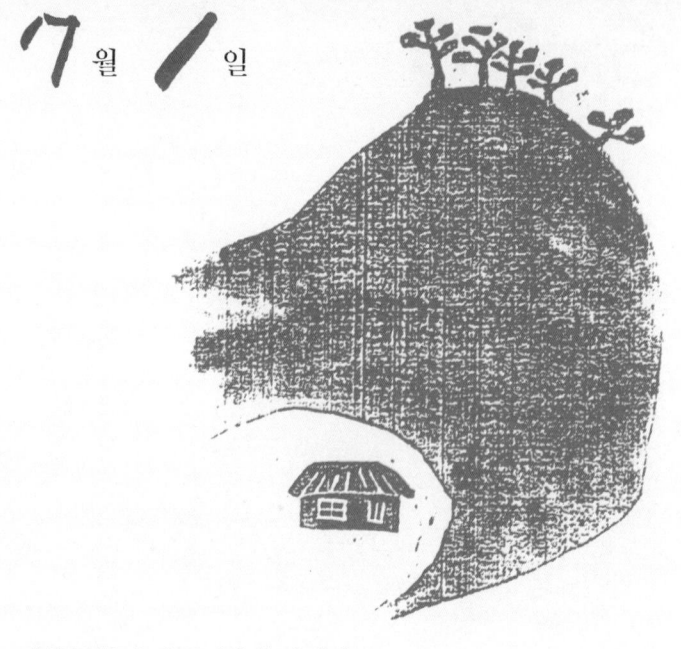

백합꽃 향기 너무 진하여 저녁때
대문이 절로 열렸네.

ISBN 979-11-6438-955-1

9 791164 389551

01800

값 15,800원